L'AUTEUR
MORT ET VIVANT;

OPÉRA COMIQUE EN UN ACTE;

Paroles de M. PLANARD,
Musique de M. HÉROLD.

Représenté pour la première fois sur le théâtre de
l'Opéra-Comique, par les Comédiens ordinaires
du Roi, le 18 décembre 1820.

PRIX : 1 fr. 50 cent.

A PARIS,

CHEZ LOUIS VENTE, LIBRAIRE,
BOULEVARD DES ITALIENS, N°. 7,
PRÈS DE LA RUE FAVART.

1821.

PERSONNAGES.	ACTEURS.
DORVILLE, sous le nom de VALCOUR.................	M. PAUL.
M. DORVILLE, son oncle, vieux et riche négociant...	M. VIZENTINI.
CLÉMENTINE, sa pupille...	Mme. PRADER.
FLORIVAL, jeune élégant parisien.................	M. PONCHARD.
DENISE, paysanne...........	Mme. BOULANGER.
BLAISOT, son fiancé.........	M. MOREAU.

La Scène se passe dans une petite campagne en Touraine, sur les bords de la Loire.

L'AUTEUR
MORT ET VIVANT.

Le Théâtre représente un jardin ; sur un des côtés un cabinet formé par un treillage, sous lequel on voit une longue table à écrire, couverte de papiers et de brochures, çà et là, sans aucun ordre.

SCÈNE PREMIÈRE.

DENISE, *arrivant par le fond, tenant des brochures et des journaux encore sous bande.*

(*Elle parle à la cantonnade.*)

Oui, ma mère, soyez tranquille, je vais mettre tout ça sur la table de Monsieur. Je sais qu'il doit revenir aujourd'hui. (*Elle pose les papiers qu'elle tient sur la table.*) En voilà-t-y, en voilà-t-y ! Comme c'est en ordre, une table d'auteur ! car c'est ainsi qu'il s'appelle ; et il ne veut pas qu'on range ses papiers. Non, il dit que quand tout ça n'est pas pêle-mêle il ne trouve rien sous la main. S'il savait que tous ces journaux sont ici depuis quatre jours, il n'aurait pas resté si long-temps à se promener de village en village, sur les bords de la Loire, pour chercher, comme il dit, des pièces, des scènes, des vers..... est-ce que je sais, moi ? Ah ! queu métier ! les trois quarts du temps il n'entend rien, il répond oui quand c'est non, non quand c'est oui, et il parle seul, lève un bras, puis l'autre, puis tous les

deux; il tape du pied, fait des grimaces..... oh! des grimaces!..... Ce n'est rien encore; mais quand à la veillée il
nous lit ce qu'il a fait dans la journée, j'y comprends rien
du tout, moi. Ça m'ennuie! ça m'ennuie!...... Et il me
taquine encore en disant que je suis très-malheureuse de
ne savoir ni lire ni écrire. Ah! ben oui, j'ai ben besoin de
me casser la tête à tout ça, moi.

AIR.

La savantise
Est un' sottise,
Mais dit's-moi donc
A quoi q'c'est bon ?
Parler, entendre,
Dîner, dormir,
Donner ou prendre,
S'asseoir, courir,
Etre en colère,
Faire les doux yeux,
Et savoir plaire
Aux amoureux :
Dans cette vie,
C'qu'il faut le v'là;
Et j'certifie
Qu'on fait tout ça
Sans écriture
Et sans lecture.

Quand on fait l'amour à la ville,
On s'écrit force billets doux
Qu'on s'glisse en dépit des jaloux,
Pour dire : j'soupire pour vous !
Bon Dieu! que de peine inutile,
Moi, je n'ai pas
Tout c't'embarras.

Au son du tambourin,
Quand j'danse sous l'ombr...,
Un garçon du village
Me serre un peu la main :
Je comprends ce langage,
Et j'tiens l'cœur du malin.

Si j'veux répondre à la fleurette,
Ça m'coûte un sourire en cachette;
Crac, tout d'suite il me comprendra,
Gn'ya pas besoin d'billets pour ça.

La savantise, etc.

J'aime mieux être ignorante, et chanter, danser et rire.

SCENE II.

DENISE; BLAISOT.

BLAISOT, *tristement.*

C'est ça, rire, chanter, danser, v'là comme tu es, toi.

DENISE.

Ah! bonjour, Blaisot. D'où viens-tu donc, ce matin?

BLAISOT.

J'ons été à la rencontre de Monsieur. Le v'là qui vient le long du rivage. J'ons voulu lui parler : « Laisse-moi, qu'il m'a fait, les amoureux de ma pièce sont brouillés, et je cherche une scène de raccommodement. » Oh! ben, me suis-je-t'y dit tout bas en le quittant, s'il y a du grabuge entre vos amoureux, j'en sais un, moi, qui se tient à quatre depuis hier au soir pour ne pas faire eune bonne querelle à une fille qu'il aime, et qu'est ben scélérate.

DENISE.

Ah! t'en connais un qui...

BLAISOT.

Oui, oui, que je le connais; et que tu le connais ben aussi.

DENISE.

Et qui donc ça?

BLAISOT.

Qui? oh! par exemple !..

DENISE.

Je ne devine pas.

BLAISOT.

C'est ça, fais l'ignorante. Vous verrez que pour me fâcher, faudra encore que je fasse les avances.

DENISE.

Est-ce que c'est toi, par hasard ?

BLAISOT.

Ah ! tu t'en avises pourtant. Voyez le grand mystère.

DENISE.

Mais, mon petit Blaisot, tu dois être content, pisque je sis presque ta fiancée.

BLAISOT.

Et quand tu serais ma femme !.... la belle raison ! queuque ça prouve ?

DENISE.

Mais tu sais ben que je t'aime.

BLAISOT.

Tu m'aimes ? oh ! oui ! ça fait peur.

DENISE.

Je t'en assare.

BLAISOT.

Oui, ton amiquié a une jolie tournure ! ça t'rendra malade ; prends garde d'en trépasser un de ces matins.

DENISE, _impatientée._

Oh ! ben, comme tu voudras. Soit, je ne t'aime pas.

BLAISOT.

Là ! j'en étais sûr. Me v'là ben avancé.

DENISE.

Eh ! c'est tous les jours la même chose.

BLAISOT.

Eh ! c'est que tu me fais enrager tous les jours.

DENISE.

Tant mieux !

BLAISOT.

Oui-dà ! Eh ! ben, attends, je vas débonder mon cœur.

DENISE.

Va donc. J'sis prête à la riposte.

(7)

DUO.

BLAISOT.

Tu n'es qu'une coquette.

DENISE.

Tu n'es qu'un vrai jaloux.

BLAISOT.

Tu m'fais tourner la tête.

DENISE.

J'la fais tourner à tous.

BLAISOT.

Hier, tu m'fis à la danse
Enrager tout le soir.

DENISE.

Tu grondais en cadence,
Je riais de te voir.

ENSEMBLE.

BLAISOT.

Oui dà! oui dà!

DENISE.

Oui dà! oui dà!

BLAISOT.

Ce chagrin-là
Te faisait rire.

DENISE.

Cette humeur-là
Me faisait rire.

BLAISOT.

Coquin d'amour, ah! queu martyre.

DENISE.

Malgré l'amour, moi, je veux rire.

BLAISOT.

A la danse, tiens, te voilà.

DENISE.

Voyons un peu, voyons cela.

BLAISOT.

Regarde bien, tiens, te voilà.
D'abord, pour faire ton entrée,
Tu parais droite et bien parée,

En regardant par-ci, par-là,
En souriant comme cela,
A tous les garçons qui sont là.

DENISE, *imitant Blaisot.*

En souriant comme cela ?

BLAISOT.

Tout justement comme cela.

(*Avec humeur.*)

Tu n'es qu'une coquette.

DENISE.

Tu n'es qu'un vrai jaloux.

BLAISOT.

Tu m'fais tourner la tête.

DENISE.

J'la fais tourner à tous.

BLAISOT.

Coquin d'amour, ah ! queu martyre !

DENISE.

Malgré l'amour, moi, je veux rire,
Et toi, Blaisot, tiens, te voilà;

BLAISOT.

Voyons un peu, voyons cela.

DENISE.

Regarde bien, tiens, te voilà,
Les bras croisés, baissant la tête,
Sournois, grondeur et malhonnête,
Dansant toujours cahin caha,
De gros soupirs, par-ci, par-là,
Me regardant comme cela.

BLAISOT.

Je te regarde comme ça ?

DENISE.

Tout justement comme cela.

BLAISOT.

Tu n'es qu'une coquette, etc.

DENISE.

Tu n'es qu'un vrai jaloux, etc.

ENSEMBLE

SCENE III.

Les Mêmes, DORVILLE *en habit de campagne, un livre à la main.*

DORVILLE, *ayant entendu la fin du duo.*

Oh! oh! une dispute entre mes deux protégés?

DENISE, *d'un côté du théâtre.*

Je serais avec toi la plus malheureuse des femmes.

BLAISOT *de l'autre côté.*

Oh! tranquillise-toi ; j'aimerais mieux crever garçon, que de t'épouser jamais tout-à-fait.

DORVILLE *à part.*

Ah! parbleu, voilà justement où en est ma scène ; oh! si j'en pouvais trouver la fin en prenant la nature sur le fait! voyons.

DENISE.

Adieu, mauvais caractère.

BLAISOT.

Adieu, girouette.

DORVILLE, *au milieu d'eux.*

Et qu'est-ce donc, mes enfants? j'arrive pour entendre des propos bien doucereux.

BLAISOT.

Oh! Monsieur, si vous saviez....

DENISE.

C'est fini, voyez-vous.

BLAISOT.

Ne cherchez pas à nous rapatrier.

DENISE.

Il n'y a plus de remède.

BLAISOT.

Al' ne m'aime pas.

DENISE.

Il m'déteste.

BLAISOT.

Qu'on ne m'en parle pas.

DENISE.

Je ne veux plus le voir.

DORVILLE.

Eh! mon dieu, doucement, qui songe à vous contredire?
Je suis tout-à-fait de ton avis, Blaisot.

BLAISOT.

Je crois ben.

DORVILLE.

Et du tien aussi, Denise.

DENISE.

N'est-il pas vrai?

DORVILLE.

Assurément, vous avez raison tous les deux; je suis enchanté de vous voir raisonnables et que vous vous soyez
expliqués avec tant de franchise et de bon sens.

DENISE.

Comment?

BLAISOT.

Quoique ça veut dire?

DORVILLE.

Cela veut dire qu'enfin vous ouvrez les yeux sur votre
peu d'attachement. Vous avez cru être amoureux; mais,
par amitié pour vous, je vous étudie, moi, depuis quelques
jours, et je suis très certain que vous ne pouvez pas être
heureux ensemble.

BLAISOT.

A qui la faute?

DENISE.

Oui, Monsieur, j'm'en rapporte à vous.

DORVILLE.

Eh! bien, Denise, à commencer par toi: te souviens-tu
du jour où tu vins me dire toute joyeuse, en baissant les
yeux: « Oh! M. Valcour, vous m'avez promis une dot,
voici le moment; Blaisot, dont toutes les filles du village
voudraient faire leur mari, eh! bien, il m'aime de préférence, il me l'a dit; il m'a donné hier, pour ma fête, les
plus beaux rubans, les plus belles parures. Il est si aimable!

que je serai heureuse avec lui ! Oh ! mariez-nous, Monsieur, mariez-nous, je vous en prie. »

BLAISOT, *radouci.*

Ah!.... elle disait ça !

DORVILLE, *continuant.*

« Ce cher Blaisot, qu'il est gentil ! que je l'aime ! »

BLAISOT.

Ah ! elle disait : ce cher Blaisot ! qu'il est gentil !

DENISE.

Sans doute.

DORVILLE, *à Denise.*

Eh bien ! tu as cru que c'était de l'amour, n'est-ce pas ?

DENISE.

Et quoi donc ?

DORVILLE.

De la vanité, de la malice, et pas autre chose. Blaisot est riche, recherché de tous les pères qui ont une fille à marier, et tu n'étais sensible à la préférence qu'il te donnait que pour le plaisir de faire enrager toutes les familles des environs, et de briller aux yeux de tes rivales avec les beaux ajustements qu'il t'avait donnés.

BLAISOT.

C'est ça, c'est ben ça, elle est vaniteuse et malicieuse!.... Mon dieu, Monsieur, comme vous expliquez ben l'fin fond de son ame ! que vous avez d'esprit !

DORVILLE, *à Blaisot.*

Oh ! pour toi, Blaisot, c'est une autre affaire. Je te rends bien justice ; tu es d'une bonhomie à toute épreuve, d'une bonne foi bien conditionnée ; tu n'as pas de malice, toi. On ne saurait te reprocher d'entendre finesse à quelque chose, et c'est avec toute la franchise du monde que tu as cru être amoureux.

BLAISOT.

Comment, que j'ai cru ?

DORVILLE.

Eh ! oui, ce soi-disant amour n'est autre chose que de la fatuité de village. Denise est jolie, fort courtisée, tu as beaucoup de rivaux ; ton hommage fut accepté par elle ; tu

en obtins quelques agaceries, quelques mines gentilles ;
crac, voilà ta pauvre tête tournée par amour-propre, et tu
t'imaginas être amoureux parce que tu devins coquet.

BLAISOT.

Coquet, moi !

DENISE, *à Blaisot.*

Monsieur n'a plus tant d'esprit, pas vrai ?

DORVILLE.

Allons, mes enfants, suivez mon conseil, croyez-moi,
vous n'avez qu'à vous dire : Bonjour Blaisot, adieu Denise,
nous nous trompions, ce n'était pas de l'amour ; il faut
prendre son parti.

BLAISOT, *pleurant comiquement.*

Hé ! je vous dis que si, moi, qu'c'est d'l'amour, et de la
fine fleur encore. Heu ! heu ! heu !

DORVILLE.

Bon !

DENISE, *allant à Blaisot.*

Et moi aussi je t'aime, va.

DORVILLE.

Bagatelle !

BLAISOT, *fâché et pleurant.*

Oui ! oui ! que nous nous aimons. Je n'ai rien vu d'im-
patientant comme ça !

DENISE.

Nous devons le savoir, peut-être ?

BLAISOT.

Ça nous regarde, j'espère ?

DENISE.

Tu ne seras plus jaloux, n'est-ce pas ?

BLAISOT.

Non... Et toi, plus coquette ?

DENISE.

Sois tranquille, je tâcherai.

BLAISOT.

Eh ! ben ! à la bonne heure ! un petit baiser.

DENISE.

De tout mon cœur.

BLAISOT, *à Dorville.*

Là! qu'avez-vous à dire maintenant? . . . .

DORVILLE, *vivement.*

Plus rien!... Je tiens ma scène.

DENISE.

Ah!... c'était donc une comédie que nous faisions là ?

DORVILLE.

Précisément.

BLAISOT.

Oh! doucement. Tâchons que le raccommodement soit pour tout de bon. J'ai pas encore déjeuné; le courage me manquerait pour recommencer la dispute.

DENISE.

Viens, ma mère nous attend.

(*Ils sortent.*)

SCENE IV.

DORVILLE, *seul un moment sous le berceau.*

Et nous, vite écrivons. Que vois-je! une dépêche de Paris; encore une lettre de mon ami Belfort, eh! voyons au plutôt. (*Lisant.*)

« Mon ami,

» Moi, qui avais tant blâmé votre extravagante ruse,
» je suis forcé, de jour en jour, d'en admirer les heureux
» effets. Vous justifiez la vérité de ce vers si connu :

Mourons ce soir, demain nous serons de grands hommes.

» Depuis qu'on vous croit défunt, l'envie est désarmée;
» les cabales se taisent; les coteries se disputent l'honneur
» d'avoir été présidées par vous; les ouvrages nouveaux
» que vous m'envoyez, sont prônés d'avance; on les ap-
» plaudit avec transport parce qu'on les croit posthumes; nos
» premiers théâtres les reçoivent à l'unanimité, et huit

» jours après, en répétition. » (*S'interrompant.*) Huit jours après! oh! mon bon ami, vous me flattez! cela n'est pas possible.

COUPLETS.

Iᵉʳ.

Eh! quoi, mes vers, mauvais ou bons,
Ne dorment plus dans les cartons!!
Pour obtenir qu'on me répète,
A Damis, l'Olive ou Lisette,
Je n'ai plus besoin chaque jour
D'aller en vain faire ma cour!
De *tours de faveur* on m'accable!
Bon Dieu! quel prodige incroyable!
Quel changement! quel heureux sort!
Que je suis adroit d'être mort!

(*Il lit encore quelques lignes des yeux.*)

Et les journaux aussi! tous les journaux! Oh! pour le coup, ceci tient du miracle.

IIᵉ.

La Gazette et *l'Indépendant*,
Tous deux me trouvent du talent!
Le Drapeau blanc et *la Minerve*,
A l'unisson vantent ma verve!
Plus, *le Constitutionnel*
Me donne un brevet d'immortel;
Et pourtant la *Quotidienne*
En ma faveur chante une antienne!
Rome et Carthage sont d'accord!
Que je suis adroit d'être mort!

(*Continuant à lire.*)

« Sous trois jours, votre seconde comédie en cinq
» actes sera représentée. Je vous expédierai un courrier
» pour vous annoncer l'événement. Voici maintenant du
» sérieux. Votre oncle est à Paris!... » (*S'interrompant.*)
Comment, mon oncle! (*Il parcourt des yeux quelques*

lignes.) Hem, hem, hem... Ah! voici bien une autre affaire!
(*Il appelle.*) Denise! Holà! Denise! Mon oncle de retour
en France, venant visiter la campagne, où on lui a dit
que j'étais mort! Holà! Denise!

SCÈNE V.

DORVILLE, DENISE.

DENISE.

Me voilà, Monsieur Valcour.

DORVILLE.

Bon, Valcour! ce n'est plus là mon nom! Je m'appelle
Dorville. Il faut absolument que je te mette dans ma con-
fidence. Écoute-moi bien. Dès ma tendre enfance je fus
orphelin. Un frère de mon père, riche négociant des États-
Unis, me retira chez lui, et m'envoya bientôt à Paris faire
mes études. Au sortir du collège, il me rappela au-delà des
mers pour me mettre dans son commerce; mais j'étais fou
du théâtre, je ne voulus jamais quitter Paris, et j'y com-
posai des ouvrages. Grande fureur de mon oncle, plus de
lettres de lui, et, qui pis est, plus de lettres-de-change.

DENISE.

Ahi! ahi! ça va mal jusqu'ici!

DORVILLE.

Ma première comédie promettait quelque chose : j'étais
inconnu; tous les journaux en firent l'éloge. La seconde
était meilleure; on y trouva des défauts. La troisième eut
un succès fou! un cri général des journalistes s'éleva pour
la trouver détestable, pitoyable, exécrable.

DENISE.

Et quel mal leur avez-vous donc fait à ces journalistes?

DORVILLE.

Aucun; mais que veux-tu, la plupart de ces Messieurs
sont mes confrères; ils composent aussi des pièces de
théâtre.

DENISE.

Ah! je comprends, c'est comme quand les garçons du

village disent trop souvent : mon Dieu, que mamselle une telle est jolie ! Les autres filles la trouvent laide ; ça ne manque jamais.

DORVILLE.

Oui, c'est à-peu-près cela. Enfin, je m'avisai d'une ruse ; je vins en Touraine, j'y achetai cette ferme sous le nom de Valcour, que tu me donnais encore tout-à-l'heure, et j'écrivis à Paris que j'étais mort.

DENISE.

Ah ! vous écrivîtes ça vous-même ?

DORVILLE.

Oui, à un seul ami qui répandit ce faux bruit à ma prière. Il ajouta que je laissais après moi beaucoup d'ouvrages terminés, tandis que je les compose ici tous les jours ; il les reçoit par la poste, les fait représenter ; et depuis cinq ans je vole de succès en succès ; on chante partout mes louanges ; quel talent il avait ! Quelle perte pour la postérité !

DENISE.

A-t-on jamais vu ! vous nous trompez donc aussi depuis cinq ans ; ma mère et moi ?

DORVILLE.

Mais te voilà au fait. Et sais-tu pourquoi ? mon oncle arrive ici ce matin même.

DENISE.

Cet oncle de l'autre monde, si fort en colère contre vous ?

DORVILLE.

Lui-même. J'ai dû te prévenir de mes aventures, car il va te faire cent questions sur son neveu Dorville qu'il croit mort en ce pays, et tu n'aurais su que répondre.

DENISE.

Vous voulez donc ruser encore avec lui ?

DORVILLE.

Sans doute ; il ne m'a pas vu depuis l'âge de dix ans. Je me fais un grand plaisir de l'entendre me parler de moi sans me reconnaître ; et puis Clémentine, sa pupille....

DENISE.

Ah! il y a une Clémentine!

DORVILLE.

Et qui doit être très jolie. A huit ans c'était un amour.

DENISE.

Il me tarde de voir tout ce monde là. J'ai dans l'idée que cet oncle et surtout cette pupille amèneront ici des choses ben gentilles.

DORVILLE.

Ma foi, le cœur me bat.

DENISE.

Le cœur! c'est ça, nous y voilà.

SCÈNE VI.

Les Mêmes, BLAISOT.

BLAISOT.

Dites-donc, Monsieur, est-ce que vous attendez des visites?

DORVILLE.

Oui, vraiment.

BLAISOT.

C'est donc ça. Une voiture vient de vous amener un vieux Monsieur qui jure parce qu'il a la goutte, une jeune dame qui est belle comme un astre, et un jeune homme tout pimpant qui regarde les filles du village sous le nez avec un petit morceau de verre qu'il tient comme ça. Prends garde à toi, Denise.

DORVILLE.

Il suffit; fais remiser la voiture et rafraîchir les gens.

BLAISOT.

Tenez, voici la compagnie.

(*Il sort.*)

L'Auteur mort et vivant. 2

SCENE VII.

M. DORVILLE oncle, CLÉMENTINE, FLORIVAL,
(DENISE à l'écart avec DORVILLE.)

CHANT.

ENSEMBLE.

M. DORVILLE, *s'appuyant sur Florival.*

Quelle voiture détestable !
L'accès de goutte m'a repris.

FLORIVAL.

Cette route est moins agréable
Que les boulevards de Paris.

CLÉMENTINE.

Pour moi quelle route agréable !
Que j'aime ces vergers fleuris !

DORVILLE, *à demi voix.*

Je sens un trouble inexprimable,
En revoyant ces vrais amis.

DENISE, *bas à Dorville.*

Monsieur, comme elle a l'air aimable !
Bientôt votre cœur sera pris.

CLÉMENTINE, *à demi-voix.*

C'est donc ici que j'ai perdu
Le tendre ami de mon enfance !

DENISE, *bas à Dorville.*

Monsieur, avez-vous entendu ?
Le tendre ami de son enfance.

DORVILLE, *à Denise.*

Ah ! combien mon cœur est ému !

CLÉMENTINE.

Je ne peux dire
Ce que je sens.

DORVILLE et DENISE.

Elle soupire.

CLÉMENTINE.

Oh! qu'avec lui ces lieux seraient charmants :

DORVILLE et DENISE.

Elle soupire.

M. DORVILLE, *criant.*

Ahi! ahi! chienne de jambe! va,
Le diable un jour t'emportera.
Ah! ah! ah! ah! ah!

Quelle voiture détestable, etc.

(On reprend en chœur.)

DORVILLE, *allant à son oncle, avec émotion.*

Monsieur, je ne puis vous exprimer tout le plaisir que
me cause votre visite.

M. DORVILLE.

Pardon, Monsieur; vous êtes sans doute M. Valcour,
le maître de la maison?

DORVILLE.

Oui, Monsieur. Prévenu de votre arrivée......

M. DORVILLE.

Oui, je sais qu'on devait vous écrire de Paris. Vous ex-
cuserez, je l'espère, ma brusque visite. Je vous présente ma
pupille et M. Florival son prétendu.

DENISE, *toisant Florival, à part.*

Ça? ah! ben oui, son prétendu! Je t'en souhaite!

DORVILLE, *à Clémentine.*

Mademoiselle est sans doute cette jeune Clémentine dont
mon ami Dorville a toujours conservé le plus doux souvenir? « Nous nous sommes quittés dès notre enfance, me
disait-il souvent; mais qu'elle doit être belle à présent!
Nous nous écrivons; et ses lettres annoncent toutes les
qualités de l'esprit et du cœur. Je me rappelle toujours
avec un nouveau charme les simples jeux de nos premières
années. Que je voudrais la revoir, m'efforcer de lui plaire
et de lui faire partager un sentiment plus tendre, plus vif,

2..

mais non pas moins pur que l'amitié naïve qui commençait à nous unir! » Voilà, Mademoiselle, ce que Dorville me répétait tous les jours.

CLÉMENTINE, *très émue.*

Ah! Monsieur!..... il eût été bien ingrat de m'oublier!

M. DORVILLE, *s'essuyant les yeux.*

Monsieur, ce que vous venez de dire me fait encore plus de mal que ma goutte.

FLORIVAL, *avec fatuité.*

C'est fort touchant, extraordinairement touchant; mais, Monsieur, votre ami, ce bon Dorville, faisait là des vœux dont l'accomplissement ne m'aurait pas diverti. S'il eût été le soupirant de Madame, je n'aurais peut être pu devenir son heureux adorateur. Laissons-là le défunt, je vous prie; je me porte bien, moi. (*Lorgnant Denise..*) Ah! ah!...... voilà une jolie créature.

DENISE, *lui faisant la grimace.*

Qu'est-ce qu'il a donc c't'autre à me regarder en clignottant?

CLÉMENTINE, *à part.*

Oh! le fatigant personnage!

M. DORVILLE, *avec humeur.*

Morbleu, Monsieur, je suis venu ici pour entendre parler de mon neveu, voir les lieux qu'il habitait, avoir des détails sur ses derniers moments: je l'aimais de tout mon cœur; et je l'ai repoussé; j'ai eu des torts envers lui.

DORVILLE.

Ah! Monsieur, il ne parlait que des siens! n'avez-vous pas été son second père?

M. DORVILLE.

Non, Monsieur, j'ai été trop dur, mais que diable voulez-vous? je n'ai jamais connu que le commerce et l'argent, moi. On m'avait toujours dit que le métier d'auteur menait droit à l'hôpital, et je voulais que mon neveu eût un autre logement; mais depuis que j'ai vu Paris et des poètes roulant voiture, j'ai reconnu mon erreur. Si j'avais su plus tôt qu'on pouvait remplir sa bourse au théâtre, eh, sarpebleu! pendant que j'étais à Bordeaux petit commis chez le banquier, j'aurais fait des tragédies le dimanche.

FLORIVAL, *riant*.

Ah! ah! ah! délicieux; monsieur aurait eu du génie une fois par semaine.

M. DORVILLE.

C'est que nous avons vu représenter à Paris les ouvrages de mon neveu. Ventrebleu! quel talent!

DORVILLE, *content*.

En vérité?

CLÉMENTINE.

Que d'esprit véritable! Quel naturel, quelles situations attachantes! pour peindre de la sorte il fallait sentir bien vivement.

DORVILLE, *étourdiment*.

Ah! jamais plus douce louange!... (*Bas.*) Ahi! ahi! l'auteur va se trahir.

DENISE, *bas à Dorville*.

Ça vous chatouille l'âme, pas vrai?

FLORIVAL.

Oh! diantre! sa dernière comédie est admirable! peinture de mœurs, développements de caractères, intrigue neuve, dialogue parfait. A la première représentation, j'ai donné trois fois le signal des applaudissements avec le bout de mon gant.

DORVILLE, *à demi-voix*.

Eh bien! ce petit homme-là a quelque chose de bon.

M. DORVILLE, *à son neveu*.

Enfin, Monsieur, je sais que mon neveu, soigné par vous à ses derniers moments, vous a laissé ce qu'il possédait.

DORVILLE.

Oui, sa petite fortune m'appartient.

M. DORVILLE.

Eh bien! Monsieur, je viens vous supplier de me

vendre cette campagne. Je suis riche, très riche; ne vous gênez pas sur le prix. Je veux, comme lui, finir ici mes jours, honorer sa mémoire en continuant à soulager les malheureux des environs, cultiver l'amitié de ses voisins, m'asseoir tristement dans son fauteuil, rêver à lui sous le berceau où je sais qu'il écrivait, et que voilà sans doute; employer enfin le peu de jours qui me restent à prouver combien je l'aimais, et à quel point je regrette d'avoir éloigné de mes bras celui qui ferait aujourd'hui la consolation de ma vieillesse. (*A Dorville.*) Tenez, Monsieur, vous fûtes son ami; embrassez moi, je vous prie.

(Dorville se jette dans ses bras.)

AIR.

CLÉMENTINE.

Hélas! il ne peut plus connaître
Combien nous savions le chérir;
Mais notre amitié doit paraître,
En lui gardant doux souvenir.
Je veux habiter ce village,
Ainsi que lui m'y faire aimer,
Et relire sous ce feuillage,
Ses vers qui savent me charmer.
La rive fraîche et solitaire,
Qui si bien savait l'inspirer,
Tristement me deviendra chère,
Et j'y veux aller soupirer.
A cultiver rose nouvelle,
Il employa plus d'un loisir;
Et je veux, par mon tendre zèle,
Chaque printemps la voir fleurir.

Hélas! il ne peut plus connaître, etc.

DORVILLE *saisit* la main de Clémentine, la baise avec transport, et dit à son oncle :

Venez, Monsieur, venez vous reposer dans l'appartement de votre neveu.

(Ils sortent.)

SCENE VIII.

FLORIVAL, DENISE.

FLORIVAL, *arrêtant Denise.*

Dites-donc, gentille villageoise, ravissante bergerette, est-ce que vous allez me laisser seul et livré à mes réflexions champêtres et pittoresques ?

DENISE.

Qu'est-ce qu'il dit ?

FLORIVAL.

Parbleu ! je dis que vous êtes jolie à croquer.

DENISE.

Voyez-vous ça !

FLORIVAL.

Et je voudrais vous glisser quelques mots de douceur.

DENISE.

Ah ! ah !

FLORIVAL.

Et en tête-à-tête.

DENISE.

Oui-dà !

FLORIVAL.

En tout petit particulier.

DENISE.

Diantre !

FLORIVAL.

Cela vous convient-il, mon cœur ?

DENISE.

Quand j'aurai le temps, mon amour.

(Elle sort en riant.)

SCÈNE IX.

FLORIVAL, *seul*, *riant*.

Ah! ah ! ah! ah! elle a quelque chose d'original qui
me charme; il faudra que j'y songe. C'est ici le seul moyen
de ne pas périr d'ennui. Ma prétendue, son cher tuteur,
le maître de céans, tous ces gens-là sont sentimentaux
d'une manière effrayante. Ah! si la demoiselle n'était pas
richissime, je me serais, pardieu, bien gardé de m'attacher
à son char! C'est bien dommage que, pour toucher une
dot, un joli homme soit obligé de se marier. Ma parole
d'honneur, il n'y a pas d'abus plus intolérable! Epousons,
cependant, pour rétablir mon crédit.

AIR.

Il faut de la richesse
Pour briller en tous lieux,
Et séduire sans cesse
Et le cœur et les yeux.
Je veux, pour ma dépense,
Etre toujours cité,
Et pour mon élégance,
Etre partout vanté.
Que la foule surprise
Me trouve sans égal,
Et que toujours on dise:
Ah! ce petit Florival
N'aura jamais de rival.

Oh! rien n'est si commode
Que d'avoir de l'argent;
Les beautés à la mode
Me l'ont prouvé souvent.
De ma riche calèche,
Que de fois à Longchamp,
Je lançai mainte flèche
Qui fut
Tout droit au but!
Oui, touchons la dot bien vite,
Pour conserver mon mérite.

Je veux, pour ma dépense,
Etre toujours cité, etc.

SCENE X.

DORVILLE, FLORIVAL.

Il paraît, Monsieur, que vous aimez à respirer le grand air? Je reviens jouir de votre aimable entretien, et parler de Paris, du théâtre.

FLORIVAL.

Ah! diable! le théâtre? c'est ma folie. Vous l'aimez aussi, ce me semble? Il est vrai que, de son vivant, Dorville a pu vous inspirer le bon goût des choses. C'était un jeune homme rempli de mérite, et d'une société délicieuse.

DORVILLE.

Il paraît qu'on vous a dit beaucoup de bien de lui?

FLORIVAL.

On m'a dit?... Ah! excellent! mais, Monsieur, songez-donc que Dorville était mon ami intime.

DORVILLE, *surpris.*

Lui?

FLORIVAL.

Oreste et Pylade; inséparables.

DORVILLE, *à part.*

Je veux mourir si je l'ai jamais vu. (*Haut.*) Ne vous trompez-vous pas, Monsieur?

FLORIVAL.

Comment? mais il me semble que je le vois encore. Je vous le dépeindrais trait pour trait.

DORVILLE.

Il était fort grand, n'est-ce pas?

FLORIVAL.

Oh! gigantesque : dix pouces de plus que vous.

DORVILLE, *raillant.*

Oui; et les cheveux blonds?

FLORIVAL.

Oh! excessivement blonds.

DORVILLE.

C'est cela même. Je vois maintenant à quel point il vous était connu. (*A part.*) Parlez moi d'un auteur qui réussit; chacun se donne les airs d'être son ami.

FLORIVAL.

Voici comme je fis sa connaissance. Vous saurez, Monsieur, qu'il existe à la Comédie Française un balcon où l'on n'écoute jamais une pièce; mais qui est rempli, les bons jours, des plus aimables jeunes gens de Paris. Depuis long-temps j'y suis une espèce d'oracle; j'y dicte mes arrêts; un murmure flatteur annonce ma présence; j'y fais sourire ou hausser les épaules à ma volonté; le goût de ce bureau d'esprit se règle sur le mien; enfin, ma réputation de juge admirable s'est établie jusque dans les coulisses, au point que Mamselle Mars et Talma ne joueraient jamais un rôle nouveau, sans me supplier d'assister à la répétition générale.

DORVILLE, *à part.*

Oh! quelle fatuité!

FLORIVAL.

Et ce pauvre Dorville, instruit par ma renommée, eut le bon esprit de rechercher ma société. Ses vers sentaient furieusement le collège; j'eus la complaisance de les corriger. Il dînait tous les jours chez moi; nous travaillions ensemble; et, dans tous ses ouvrages posthumes, je reconnais des tirades entières qu'il écrivit à-peu-près sous ma dictée.

DORVILLE, *à part.*

Je n'ai jamais connu de plus intrépide menteur.

FLORIVAL.

Il disposait de ma bourse.

DORVILLE.

Ah! vous verrez qu'à sa mort il vous devait peut-être de l'argent, et que vous avez quelques billets de lui.

FLORIVAL, *riant.*

Ah! ah! ah! fi donc! une signature! avec un ami de cœur!

DORVILLE , *raillant.*

Je crois, en effet, que vous n'avez pas compté souvent ensemble.

FLORIVAL.

J'en aurais rougi. Quand on est riche, quand on va le devenir horriblement davantage! car , son neveu étant mort, M. Dorville donne tout à sa pupille. Et mon père, opulent banquier, ayant été le protecteur du cher tuteur, il me marie à Clémentine, par reconnaissance. Vous voyez, je suis né sous une étoile admirable.

DORVILLE.

Et la charmante Clémentine vous aime-t-elle, Monsieur?

FLORIVAL.

Hé!... ma foi je ne le lui ai pas demandé. Je l'ai lorgnée deux ou trois fois; elle m'a vu, elle m'a entendu, je lui suppose du goût..... Voilà: je n'ai jamais fait d'autre déclaration de ma vie.

DORVILLE, *à part.*

Oh! cet homme ne peut plaire à Clémentine! La voici. Je brûle de lui parler seul..... (*Haut.*) Monsieur, je vous ai fait préparer un appartement; si vous vouliez.....

FLORIVAL.

Grand merci, Monsieur, on est si bien avec vous.

DORVILLE.

Nous dinerons fort tard, peut être.....

FLORIVAL.

Non, j'ai pris mon chocolat à la dernière poste.......
Mais j'aperçois mon adorable future.

DORVILLE , *bas.*

Ah! morbleu! n'importe, je parlerai devant lui.

SCENE XI.

Les Mêmes , CLÉMENTINE.

DORVILLE, *à Clémentine.*

Votre tuteur est resté seul, Mademoiselle?

CLÉMENTINE.

Il repose un instant. Mille remercîments de tous vos soins, Monsieur.

FLORIVAL.

Toujours un triste nuage sur vos beaux yeux?

CLÉMENTINE, *à Dorville.*

Vous fûtes lié avec Dorville, Monsieur?

DORVILLE.

On ne peut l'être plus. Il y avait entre nous une ressemblance si frappante! non seulement dans les traits, la taille; mais les goûts, le caractère, le genre d'esprit.

CLÉMENTINE, *avec intérêt.*

Ah! vous vous ressembliez?

DORVILLE.

Tout-à-fait. Demandez à Monsieur, qui l'a si bien connu...

FLORIVAL, *embarrassé.*

Hé!... Ah! oui, c'est étonnant, miraculeux, en vérité. (*Bas.*) Diable, je ne m'attendais pas à cette question là, moi.

CLÉMENTINE.

C'est singulier! je ne sais pourquoi l'idée de cette ressemblance m'était venue... Et il vous parlait souvent de moi, Monsieur?

DORVILLE.

Sans cesse. Et même, par un souvenir bien naturel, dans un petit ouvrage qui n'est pas terminé, il avait placé le rôle d'une jeune personne possédant tout ce qui peut charmer : esprit, grâces, douceur, beauté; et, pour ne rien oublier, l'auteur eut soin de donner à ce rôle le nom charmant de Clémentine.

FLORIVAL.

Ah!... voilà un souvenir fort délicat. Et vous dites que cette comédie n'est pas finie, Monsieur?

DORVILLE.

Non, je cherche moi-même à la continuer ; mais je suis arrêté par une idée de scène difficile à exécuter. Je ne sais, Mademoiselle, si je pourrai me faire bien comprendre.

CLÉMENTINE.

Je vous écoute attentivement, Monsieur.

FLORIVAL.

Voyons donc, je vous donnerai des conseils, comme j'en donnais à Dorville.

DORVILLE.

Voilà ce dont il s'agit. Dès la première vue, cette Clémentine si intéressante a fait la plus vive impression sur le cœur d'un jeune homme.

CLÉMENTINE.

Dès la première vue ?

FLORIVAL.

Oui, oui, c'est toujours comme cela.

DORVILLE.

Il voudrait lui peindre son amour; mais, par malheur, il ne peut se déclarer qu'en présence d'un rival.

FLORIVAL.

Parfaitement, un rival, j'y suis.

DORVILLE.

Il faut donc que Clémentine comprenne celui qui l'aime sans qu'il s'explique ouvertement.

FLORIVAL.

Pardieu ! rien de plus simple. Un demi-mot, un regard, un soupir. Tout ça veut dire, je vous adore. Continuez, Monsieur, continuez.

DORVILLE.

Oui, mais ce rival est protégé par un oncle ou un tuteur; il y a même une espèce de promesse de mariage qui est inquiétante.

FLORIVAL.

Bagatelle! ces promesses de comédie ne tiennent jamais; d'ailleurs, il faut que ce rival soit haï comme la peste, autrement la scène ne vaudrait rien. C'est sans doute un sot, un imbécille ?

CLÉMENTINE.

Tout au moins c'est un fat... (*A Dorville.*) N'est-il pas vrai, Monsieur.

DORVILLE.

Justement; vous avez donc saisi la situation, Mademoiselle ?

CLÉMENTINE, *baissant les yeux.*

Je crois qu'oui... oui, Monsieur, je commence à comprendre

FLORIVAL.

Ah! ça, mais que répondra la demoiselle ?

CLÉMENTINE.

Eh! mais, surprise d'une déclaration semblable, peut-elle sans hésiter...

FLORIVAL.

Oui, j'entends bien, la timidité, la décence... mais au théâtre il faut être expéditif, on n'y peut pas filer un volume de roman, les pièces n'en finiraient pas; d'ailleurs, puisqu'il est convenu qu'elle déteste celui qu'on lui destine...

CLÉMENTINE.

Oh! sur ce point vous avez raison, Monsieur. Il me semble qu'elle peut déclarer avec franchise que ce projet d'hymen la désole; que tout autre prétendu lui semble préférable. Elle peut même avouer que plusieurs raisons doivent la prévenir en faveur de l'amoureux qui vient de se déclarer; mais qu'il doit d'abord s'efforcer d'obtenir l'aveu de l'oncle ou du tuteur auquel elle sera toujours soumise.

DORVILLE, *enchanté.*

A merveille! cette réponse est excellente.

FLORIVAL.

Bravo! bravo! voilà tout ce qu'il faut. Et pendant ce temps-là, voyez-vous le rival qui n'y comprend rien! charmant ! divin ! délicieux !

CLÉMENTINE.

Pendant le sommeil de mon tuteur, me serait-il permis
de commencer les promenades que je desire faire autour
de cette jolie habitation?

FLORIVAL, *lui donnant la main.*

Tous vos desirs ne sont-ils pas des lois?

DORVILLE.

Je vous rejoins à l'instant.

SCENE XII.

DORVILLE, DENISE.

DENISE.

Eh! bien, Monsieur, où en êtes-vous?

DORVILLE, *vivement.*

Ah! Denise, je l'aime à chaque instant davantage.

DENISE.

Et le sait-elle?

DORVILLE.

Oui.

DENISE.

Qu'a-t-elle répondu?

DORVILLE.

Des choses charmantes.

DENISE.

Eh! bien, déclarez qui vous êtes, et vous v'là marié.

DORVILLE.

Oh! je t'en supplie, laisse-moi chercher à plaire encore
sous le nom de Valcour, laisse-moi supplanter mon rival
sans me servir de tout l'avantage que me donnerait mon
titre de neveu. Et puis, mon oncle est bon, mais horriblement colère. S'il apprend brusquement ma ruse, je le vois
furieux d'avoir été joué par le faux bruit de ma mort : il
me reprochera justement ses regrets et sa douleur; et,

dans un premier mouvement, il est capable de se brouiller avec moi plus que jamais, de remonter en voiture, et d'aller au bout du monde, marier Clémentine à Monsieur Florival.

DENISE,

Comment faut-il donc faire?

DORVILLE.

Il faut garder ici Clémentine et mon oncle, attendre quelques jours pour leur ménager l'aveu que je dois leur faire ; mais surtout il faudrait nous débarrasser au plus vite de mon cher ami, M. Florival, qui me gêne terriblement.

DENISE.

Oh ! pour cet article-là, je m'en charge.

DORVILLE.

Et comment ?

DENISE.

Soyez tranquille ; votre oncle m'a déjà prise en amitié ; il m'a dit qu'à son réveil il voulait jaser avec moi ; mon air lui revient assez, laissez-moi faire, rejoignez votre amoureuse : je ferai aller le gentil Parisien. moi. Ça me divertira, et puis je suis toute joyeuse de pouvoir prouver mon zèle et mon affection à un si bon maître que vous.

DORVILLE, *sortant.*

Cette chère Denise! quel excellent cœur! Adieu.

SCÈNE XIII.

DENISE, BLAISOT.

BLAISOT, *avec humeur.*

Ah ! je te retrouve, pourtant.

DENISE.

Allons, v'là l'autre à présent! il va tout gâter.

BLAISOT.

Enfin, depuis ce matin, pas un mot, une œillade, un sourire ; pas tant seulement la plus petite niche.

DENISE, *regardant à la coulisse.*

Allons, tiens, v'là ma main; baise-la vite deux ou trois fois, et va-t-en; j'ons d'saffaires difficiles, moi.

BLAISOT, *tenant la main de Denise.*

Tiens, d'saffaires! ne dirait-on pas d'un ministre ou d'un juge-de-paix?

DENISE.

Eh ben, as-tu fini?

BLAISOT.

Non, jarni; j'ai pas encore commencé.

DENISE.

En ce cas, c'est pas la peine. V'là la compagnie que j'attends.

BLAISOT, *dépité.*

Mon Dieu, mon Dieu! qu'est-ce que j'ai fait au sort pour avoir un amour de cet acabit!

SCÈNE XIV.

Les Mêmes, M. DORVILLE.

M. DORVILLE, *à Denise.*

Ah! c'est toi que je cherche, ma bonne amie; approche-moi ce siége.

DENISE.

Oui, Monsieur.

BLAISOT, *à part.*

Mais qu'est-ce qu'elle a donc à faire avec ce nouveau débarqué? J'aime pas ces vieux richards, moi.

M. DORVILLE, *s'asseyant.*

Là, je veux causer avec toi. Tu as un air gracieux qui me charme.

BLAISOT, *s'approchant.*

Oh! il y a des mines trompeuses.

L'Auteur mort et vivant. 3

M. DORVILLE.

Quel est ce garçon-là ?

DENISE.

Mon prétendu, Monsieur, qui est déjà de mauvaise humeur, comme s'il était mon mari.

BLAISOT.

Heu ! ... je crois que ça sera ben pis.

M. DORVILLE.

Et dites-moi, mes enfants, avez-vous connu mon pauvre neveu ?

DENISE.

Certainement, Monsieur, nous l'avons connu, et regretté de toute notre âme.

BLAISOT , *surpris.*

Bah !... quel neveu donc ?

DENISE.

Celui de Monsieur, qui s'appelait Dorville comme son oncle; le maître de cette maison où il est mort en faisant M. Valcour son héritier. Tu n'étais pas encore établi dans le pays , toi.

BLAISOT.

Alle est bonne celle-là !... V'là plus de cent ans que de père en fils...

DENISE , *lui tapant sur les doigts.*

Veux-tu te taire ?

M. DORVILLE , *à Denise.*

Il était bon , n'est-ce pas ?

DENISE.

Adoré de tout le voisinage.

M. DORVILLE.

Oui, souviens-toi de me faire connaître dès demain , les familles qu'il soulageait de préférence.

DENISE.

Je n'y manquerai pas.

BLAISOT , *à part.*

J'entends rien à tout ça , moi. Faut croire que l'amour jaloux rend lunatique.

DENISE, *à M. Dorville.*

Par exemple, il m'a laissé une dot de mille francs.

M. DORVILLE.

Mille francs! je t'en donne trois mille; les voilà.

BLAISOT, *à part.*

C'est un peu embrouillé, mais quoique ça c'est drôle.

DENISE, *joyeuse.*

Ah! Monsieur, que votre neveu avait raison, quand il me disait: Ah! si tu connaissais mon oncle! qu'il est bon, généreux! que de qualités! comme il a soigné mon enfance! que je voudrais le revoir, obtenir mon pardon, lui marquer ma tendresse et soigner ses vieux jours!

M DORVILLE, *se levant et serrant Denise dans ses bras.*

Il disait cela?.. Comme tu parles bien! Je t'aime tout-à-fait.

BLAISOT.

Dites donc, Monsieur, vous n'avez plus la goutte, il me semble?

M. DORVILLE, *gaîment.*

Non, ma foi: je me trouve si bien dans ce pays! j'achette cette maison; je paie magnifiquement. On m'a parlé d'un notaire ici près; qu'on me l'aille chercher. Je ne vous quitte plus; vous serez mes amis, mes fidèles; je vous marierai; je serai le parrain de votre aîné; nous lui donnerons les noms de mon neveu; son ami Valcour sera le mien; et s'il ne faut que de la probité, de la franchise et de l'or, pour rendre heureux tout ce qui m'entoure, soyez tranquilles, on se souviendra un jour dans les environs du vieux bonhomme Dorville. Va, mon garçon, va me chercher le notaire.

BLAISOT, *sortant.*

Ben volontiers, Monsieur; vous payez mille écus la course.

SCENE XV.

M. DORVILLE, DENISE.

DENISE.

Ah! le voilà parti. Ecoutez-moi, maintenant, je vas vous gronder.

M. DORVILLE.

Peste ! quel air terrible !

DENISE.

A quoi que vous pensez, grands dieux ! de donner vot' pupille à M. Florival !

M. DORVILLE.

Sans doute, le fils d'un ancien ami ; ma parole est donnée.

DENISE.

C'est égal; pas possible que vous veuilliez le malheur de cette chère enfant. Y pensez-vous ? un freluquet.

M. DORVILLE.

C'est un peu vrai, mais...

DENISE.

Un mauvais sujet.

M. DORVILLE.

Comment?

DENISE.

Un libertin.

M. DORVILLE.

Diantre !

DENISE.

Il me fait la cour.

M. DORVILLE.

Déjà ?

DENISE.

Il me demande un rendez-vous.

M. DORVILLE.

Oh! si je le croyais !...

DENISE.

Si ?... Ah ! vous en doutez ?... Tenez, tenez, il a fait
le tour du jardin pour me trouver. Le voyez-vous là bas,
sous les orangers, qui me cherche avec son lorgnon ?

DORVILLE.

Ah ! parbleu ! voyons un peu. Attends-le de pied ferme,
ne crains rien, je serai caché près d'ici.

DENISE.

C'est ça, faut vous ouvrir les yeux, et je me hasarde à
écouter sa fleurette.

(*M. Dorville s'éloigne.*)

SCENE XVI.

DENISE, FLORIVAL.

CHANT.

DENISE, *seule un instant.*

Je l'aperçois
Par ce treillage.
Il vient, je crois,
Me rendre hommage,
Oui, le voilà;
C'est bien cela,
Il y viendra,
S'approchera,
Arrivera.
Sans beaucoup d'peine,
Comme on les mène,
Ces Messieurs-là !
Il me regarde,
Il se hasarde,
Oh ! le voilà !
C'est bien cela;
Il y viendra, etc.

FLORIVAL, *arrivant.*

Gente fillette,
Minois piquant,
Mon œil vous guette
A chaque instant.
Ecoutez ma flamme amoureuse.

DENISE.

Oh ! doucement ; je suis peureuse.

FLORIVAL.

Je veux qu'on admire à Paris
Tant de fraîcheur et tant de grâces ;
L'amour volera sur vos traces ;
Par vous les cœurs seront ravis.

DENISE.

Vous voulez que j'aille à Paris ,
Et vous trouvez que j'ai des grâces ?
L'amour volera sur mes traces ,
Par moi les cœurs seront ravis.

(à gauche :) ENSEMBLE.

FLORIVAL

Qu'en dites-vous, mon adorable ?

DENISE.

Eh! mais, ça doit être agréable.

FLORIVAL, *à part.*

C'est bien cela ,
Elle y viendra,
S'attendrira,
Me cédera.
Toujours sans peine,
Moi je les mène
Comme cela.

DENISE, *à part.*
C'est bien cela,
Il y viendra,
Il s'y prendra,
S'enflammera ,
Sns beaucoup d'peine ;
Comme on les mène,
Ces Messieurs-là !

(à gauche :) ENSEMBLE.

SCENE XVII.

Les Mêmes, M. DORVILLE, DORVILLE, CLÉMEN-
TINE, BLAISOT, *dans le fond du théâtre.*

(*Le chant continue.*)

BLAISOT, *arrivant seul, et voyant Florinal près de
Denise.*

Eh ben ! encore un rendez-vous !
DORVILLE, *le saisissant au collet, et le retenant.*
Silence !

DENISE, *à part.*
Bon, voici la compagnie,
Je peux prendre un air plus doux.

FLORIVAL, *à Denise.*
Ah ! dieux ! que vous êtes jolie !
DENISE.
Ça me fait plaisir.

BLAISOT, *à Dorville.*
Qu'elle est polie !
DORVILLE, M. DORVILLE et CLÉMENTINE, *bas.*
Ecoutons et taisons-nous.

FLORIVAL, *à Denise.*
Donnez-moi votre main jolie.

BLAISOT, *à Dorville.*
Ahi ! ahi ! paraissons, je vous prie,
En v'là ben assez, je croi.

DORVILLE, M. DORVILLE et CLÉMENTINE, *bas.*
Eh ! tais-toi donc, tais-toi, tais-toi.

FLORIVAL *à Denise.*
Ecoutez-moi, je vous supplie.
Je veux vous conduire à Paris.

BLAISOT, *à Dorville.*
Il veut la conduire à Paris !

M. DORVILLE, *à part.*

Oh! le libertin, le traître!

BLAISOT, *se dépitant.*

Monsieur, il est temps de paraître.

DORVILLE.

Encor, encor quelques instants.

DENISE, *à Florival.*

Ah! que vos propos sont galants!

FLORIVAL, *à Denise.*

Si vous acceptez mon hommage,
J'en demande un baiser pour gage.

BLAISOT, *se démenant.*

Oh! ça se gâte tout de bon.

DENISE.

Un baiser?

FLORIVAL, *vivement.*

Un baiser.

DENISE.

Non, non.

FLORIVAL.

Je l'aurai.

DENISE.

Non.

FLORIVAL.

Je le veux.

DENISE.

Non,
Non, non, Monsieur, non, non, non...

BLAISOT, *furieux, au milieu d'eux.*

Non!

TOUT LE MONDE, *à Florival.*

Qu'il est galant,
Qu'il est pressant,
Entreprenant
Et séduisant!
Beauté nouvelle,
Toujours l'appelle;
Il est charmant.

M. DORVILLE, *à Florival.*

Je vous baise les mains, Monsieur, et vous souhaite un bon voyage.

BLAISOT.

Oui, Monsieur l'enjôleux, et vous partirez seul pour votre Paris ; je vas faire mettre les chevaux.

(*Il sort.*)

SCENE XVIII.

Les Mêmes, *hors* BLAISOT.

M. DORVILLE, *à Florival.*

Voilà donc vos projets en épousant ma pupille ?

DORVILLE.

Vouloir séduire cette pauvre Denise ! Profiter de sa candeur, de son peu d'expérience !

DENISE.

Pour un rien j'en pleurerais.

CLÉMENTINE.

Quel amour vous aviez pour moi, Monsieur !

M. DORVILLE.

Diantre ! quel séducteur !

FLORIVAL, *les lorgnant.*

Ah ça ! mais qu'est-ce qu'ils ont donc ? que diable ! vous êtes ici depuis une heure à faire du sentiment ; cela m'a gagné : j'en faisais aussi de mon côté.

SCENE XIX.

Les Mêmes, BLAISOT.

BLAISOT.

Un domestique arrive de Paris à franc étrier, avec cette lettre pour M. Dorville.

L'Auteur mort et vivant.   4

M. DORVILLE, *prenant la lettre.*

Pour moi? Que diable ! mes correspondants ne me lais-
seront pas un moment tranquille. Je ne connais pas cette
écriture.

DORVILLE, *à part, ayant jeté les yeux sur u lettre.*

Oh! Ciel! c'est de mon ami Belfort : pourquoi ne plus
m'écrire sous le nom de Valcour ?

M. DORVILLE, *lisant.*

« Mon cher Dorville, plus de mystère, j'ai découvert
» votre secret : il le fallait pour votre gloire. » (*S'interrompant.*) Pour ma gloire ?.. le diable m'emporte si je me
doutais d'avoir de la gloire, moi !

DORVILLE, *impatient.*

Continuez, Monsieur, nous allons voir.

M. DORVILLE, *lisant.*

« Vos derniers cinq actes viennent d'avoir le plus bril-
» lant succès; une place était vacante à l'Académie, j'ai
» dit que vous étiez vivant, et vous êtes nommé.....

DORVILLE, *s'écriant.*

Je suis de l'académie ! oh ! je n'en puis plus ! un fauteuil !
je veux m'essayer.

FLORIVAL.

Hein ?

CLÉMENTINE, *vivement.*

Quel soupçon !

M. DORVILLE, *de même.*

Quel mystère !

CLÉMENTINE.

En croirai-je mon cœur ?

M. DORVILLE.

Pour qui donc cette lettre ?

DORVILLE, *hors de lui.*

Clémentine !.. Mon oncle !

FINAL.

DORVILLE.

Je suis votre neveu ,
Pardonnez ma folie,
Ma mort n'était qu'un jeu,
Et pour l'Académie,
Je reviens à la vie.

CLÉMENTINE.

C'est Dorville , ah ! grand Dieu!
Trop cruelle folie!
Sa mort n'était qu'un jeu!
Que mon ame est ravie!
Je reviens à la vie.

M. DORVILLE.

Je revois mon neveu !
La coupable folie !
Quoi! ce n'était qu'un jeu !
Cette supercherie
Pensa m'ôter la vie.

DENISE.

Oui, c'est votre neveu.
Mourir fut sa folie ;
Mais ce n'était qu'un jeu,
Une supercherie.
Il revient à la vie.

BLAISOT.

Eh! quoi ! c'est le neveu
Qu'avait perdu la vie!
C'est un drôle de jeu.
Pourquoi cette manie,
Cette supercherie?

FLORIVAL , *riant.*

Eh ! quoi! c'est le neveu ?
J'ai fait mainte folie,
Mais celle-ci , parbleu!
Passe la raillerie.
Oh! quelle comédie !

ENSEMBLE.

M. DORVILLE.

Mon cher neveu !

DORVILLE.

Quel moment fortuné !

CLÉMENTINE, à Dorville.

Mon cœur vous avait deviné.

M. DORVILLE, à tous deux.

Tous mes biens sont à vous; demain je vous marie.

TOUS TROIS.

Nous voilà réunis et pour toute la vie.

DORVILLE, à Florival.

Oreste est tout joyeux, je pense,
De retrouver Pylade ici !

FLORIVAL.

Enchanté, Monsieur, ravi
De faire votre connaissance.

DENISE, au Public.

J'implore ici votre secours,
Pour l'auteur dont je suis en peine;
Car il est depuis quelques jours
D'une santé fort incertaine.
Ah ! permettez qu'en souriant,
Je puisse finir son martyre.
C'est moi qui dois aller lui dire,
S'il est *mort* ou s'il est *vivant*.

FIN.

De l'Imprimerie d'ANTه. BOUCHER, Successeur de L. G. Michaud, rue des Bons-Enfants, N°. 34

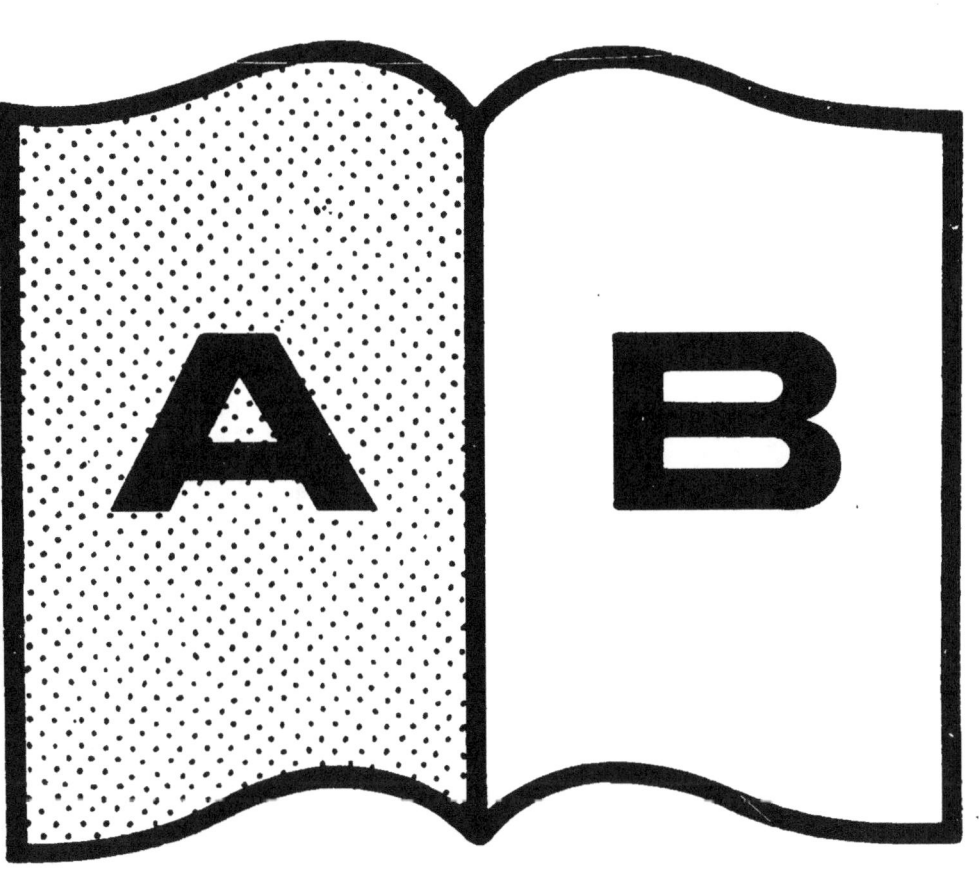

Contraste insuffisant

NF Z 43-120-14